faces

Livia Garcia-Roza

faces

EDITORA RECORD
RIO DE JANEIRO • SÃO PAULO

2011

CIP-BRASIL. CATALOGAÇÃO-NA-FONTE
SINDICATO NACIONAL DOS EDITORES DE LIVROS, RJ

G211f

Garcia-Roza, Livia
  Faces / Livia Garcia-Roza. - Rio de Janeiro : Record, 2011.

  ISBN 978-85-01-09455-1

  1. Citações. I. Título.

11-3250.   CDD: 808.882
                                                  CDU: 82-84

Copyright © Livia Garcia-Roza, 2011.

Projeto de capa e miolo: Tita Nigrí
Assistente de design: Ana Clara Miranda
Composição de miolo: Renata Vidal da Cunha

Texto revisado segundo o novo Acordo Ortográfico da Língua Portuguesa

Direitos exclusivos desta edição reservados pela
EDITORA RECORD LTDA.
Rua Argentina 171 - 20921-380 - Rio de Janeiro, RJ - Tel.: 2585-2000

Impresso no Brasil

ISBN 978-85-01-09455-1

Seja um leitor preferencial Record.
Cadastre-se e receba informações sobre
nossos lançamentos e nossas promoções.

Atendimento e venda direta ao leitor:
mdireto@record.com.br ou (21) 2585-2002.

 Compartilhar

"Memória,
mãe amorosa de todas as mortes."

(Paulo Henriques Britto)

Sumário

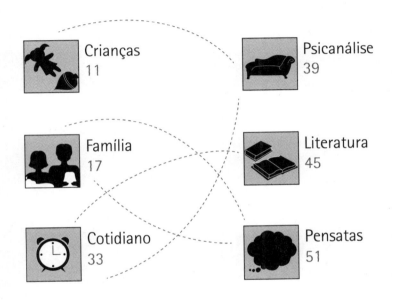

Crianças 11

Psicanálise 39

Família 17

Literatura 45

Cotidiano 33

Pensatas 51

Introdução

Este livro resultou da experiência diária com narrativas curtas — cenas rápidas que se constituem e se dissolvem dando lugar a outras cenas — numa ágora virtual, que é o facebook, durante os anos de 2009/10. No decorrer desse tempo, além das cenas criadas dia a dia, utilizei trechos extraídos dos meus romances e dos meus livros de contos.

A internet abriu a possibilidade de a gente ir se testando na escrita. É um exercitar a linguagem, é estar dentro dela, conhecendo as dificuldades da língua assim como a nossa dificuldade com a língua. O que fazemos senão trocar palavras? A palavra é o que nos constitui, nos faz humanos, é com ela que temos que lidar, não tem saída; somos seres falantes, seres de linguagem.

Nesse secreto mundo de articulações silenciosas, sem dono e sem locus, que é pura articulação de usuários, nesse universo amplo e ao mesmo tempo limitado, dispomos de apenas 420 caracteres para escrever. A utilização desse espaço varia de pessoa para pessoa. Para mim foi um lugar de escrita, um exercício de linguagem de literatura em estilo Web 2.0 na rede social, em um estilo conciso de narrar — difícil e prazeroso —, visando à participação interpretativa do leitor.

O que o mundo nos oferece são os acontecimentos. E os acontecimentos de nossas vidas diárias não são "grandes acontecimentos." São grandes dependendo da afetividade neles implicada, mas, em si, são ordinários, no sentido do cotidiano. E a internet está lidando bem com isso, com esses pequenos comentários, porque a vida, na verdade, é essa miudeza.

Aos amigos que, curtindo e/ou comentando, compartilharam essa experiência, dedico este livro.

A autora

faces

Crianças

Exibir comentários

— Boa-noite, papai.
— Boa-noite, meu filho. Espera, deixa eu te pentear.
— Por quê?
— Para os sonhos te encontrarem bonitinho.

— Mãe, é o Lobo Mau no telefone!
— Ah, Chapeuzinho, você cismou com essa história...

— Que barulheira é essa aí dentro?...
— É o Lobo Mau, pai! Ele quer comer a vovó!!
— Não é má ideia... — disse papai.

— Por que você está chorando, filha?
— A vovó não deixa eu botar o travesseiro na cara do meu irmãozinho...

A menina estava no quarto, ensinando seu urso a dar cambalhota, quando ouviu a voz da mãe:
— O que você está fazendo?
— Dormindo. Eu minto... — disse ela.

O menino fora visitar a irmã que acabara de nascer. Encontrou-a mamando.
— Sua irmãzinha não é linda, filho?
— É... Mas quem vai ser a mãe dela?

Curtir . Comentar

O bebê apareceu com uma bolha no dedo. Seu irmão, quando viu, disse que ela ia crescer e voar de novo pro céu. Barriga nada...

A menina gritava que queria ir embora de casa, que ninguém gostava dela, que ela queria morar na casa da tia...
— Está bem — disse a mãe —, mas antes me ajuda a pôr a mesa.

Quando menina, eu era chamada nas festas para recitar bulas. A que mais gostavam era a do Nujol. Contra prisão de ventre.

Quando adolescentes, meu pai disse que meu irmão estava com a identidade vacilante, mal determinada.
— E eu, pai? — perguntei.
— Você também anda desgovernada.

— Hoje eu tenho uma festa, me empresta o seu sorriso? — disse a irmã para a irmãzinha.

Meu irmão pôs as pernas dentro da cômoda e ela virou com ele. Ficou soterrado no meu quarto, ao lado da minha cama. Eu via a ponta dos dedos dele desenhando no ar SOS. Por causa do que aconteceu, minha tia, que era inglesa, disse que de todas as crianças eu era a "peor".

Quando morávamos em Icaraí, todas as noites meu pai ia verificar a altura da água da cisterna. Levava o flash light (como ele chamava a lanterna), e um dos filhos pra segurar a tampa. Quando chegava a minha vez eu olhava para o céu e a noite tinha olhos azuis.

Quando menina, a professora de piano se abaixou pra me dar um beijo e caiu um pedaço da cara dela. Mostrei pra mamãe. Ela disse que era pancake e meu pai falou que era reboco.

Minha filha caçula quando tinha um ano tentou sair de casa pela primeira vez. Peguei-a na porta, tentando alcançar a maçaneta, de chupeta na boca e fralda na mão. Ao me ver, disse:
— Vobora.

— Pai, eu gosto muito de você — disse a menina. — Papai, eu te amo. Você jura que nunca mais vai casar com a mamãe?
— Com quem você quer que eu me case? — perguntou ele.
— Ah, pai...

— Pai, o que você vai fazer no seu aniversário? — perguntou a menina.
— Casar com sua mãe — disse ele.

— Mãe, Alice me bateu!
— Não liga, essa boneca é muito ignorante.

Curtir . Comentar

— Vô, você acredita em Deus?
— Não, minha querida. E você?
— Eu acredito nas fadinhas.

— Mãe, faz uma flor?
— Faço, filha. Vou desenhar você: um amor-perfeito.

Curtir . Comentar

faces

Família
Exibir comentários

Aos sábados, o avô dizia para a avó:
— Amanhã é dia da gente levar o carro pra passear.

— Vó, por que você está com essa cara?
— Devem ser as últimas luzes. Breve, breu.

A tia velha, depois de dois copos de cerveja, perguntou súbito ao marido:
— Lembra quando a gente se atracava?
— Chega de beber — disse ele.

O irmão acertou o outro com um soco.
— O que foi isso? — perguntou a mãe.
— Uma entrada maciça de energia — disse o pai.

O avô foi buscar a neta em seu carro novo.
— Que carro é esse, vô?
— Ah, troquei — disse ele. — O outro estava velho.
— Você não está velho, né, vô?

— Queria ter uma mãe velha! — disse a filha adolescente.
— É só você ter um pouco de paciência... — disse a mãe.

A avó tomou um tombo e quis ir para o dentista. Com a maior brevidade possível. Achava que todas as suas obturações tinham caído.

Curtir . Comentar

— Um ano cheio de realizações! — desejaram à bisavó nos seus 90 anos.
— Hein!? — disse ela. — Escuto mal e ouço pior ainda.

O marido da minha prima dizia que ela ocupava quase toda a cama. Quando ia se deitar sentia-se como um felino de alto porte, agarrado a um galho de árvore, sem ter o preparo instintivo deles e tampouco a agilidade.
— Mania de grandeza... — disse ela.

A prima velha, quando saía para caminhar, dizia ao marido onde escondera sua carteira. Ele, que havia anos tentava escrever, disse que se fosse lembrar de todos os lugares mencionados, já teria escrito À *la recherche de la pochette perdue*.

— Se algum rapaz bufar a seu lado, saia de perto porque a coisa não está boa — disse meu pai quando eu era adolescente.

— Saudades do ritmo do nosso casal! — disse a velha prima com os olhos no teto.

Na hora de sairmos pra festa, papai reparou na minha roupa.
— Ela vai com esse vestido? — perguntou à mamãe.
— Não está bonito?
— Muito exposta... — disse ele.

Curtir . Comentar

Havia um quadro em nossa casa, que ocupava boa parte de uma das paredes da sala. Nele, minha mãe estava retratada tocando harpa, enquanto nós, filhos, éramos representados por anjinhos que saíam das cordas. Um dia, disse meu pai:
— Aventei a possibilidade das coisas estarem tomando rumos imprevisíveis com nossos filhos em virtude dessa representação celestial. Doemos esse quadro de castelo, meu bem. Façamos essa dádiva.

O ex-marido de minha prima perguntou se poderia dormir na casa dela.
— É só um pernoite — dizia.
— Não! — disse ela. — Sei como é, um pernoite, um perde dia, um per sempre.

Vovó aplaudia o final das novelas. Alguns com muito entusiasmo.

Minha tia convidou a todos para acompanhá-la ao cinema. Ninguém aceitou, então ela chamou seu marido, que, levantando-se, disse que era o plano B.

Vovó disse que iria telefonar para seu médico, que devia estar preocupado com a ausência de notícias. A secretária atendeu e vovó pediu à moça que não o incomodasse.
— Minha vida não foi mais que uma queda — disse e desligou.

Curtir . Comentar

Um dia, de bicicleta, levei meus irmãos e minha prima ao cinema, que ficava longe de casa. Meu irmão caçula foi sentado no guidão, o outro no selim, e minha prima no porta-embrulho, e eu, em pé, suava e pedalava. Foi nesse dia que comecei a carregar a família.

Vovó estava silenciosa havia algum tempo. De repente, disse:
— Prefiro o céu pelo clima!

À noite, o tio solteirão estava sempre apressado pra sair porque dizia sentir volúpia.

Papai disse que percebeu que envelhecera quando passou a cumprimentar estátua.

Minha avó voltou a namorar aos 82 anos. Meu pai, quando soube, proibiu o namoro, dizendo que ela fora virtuosa até então. Ela foi namorar na casa de seu outro filho.

No meio da madrugada, minha mãe escutou um barulho forte. Abriu os olhos e viu meu pai sentado no chão do quarto.
— Caí da cama! — disse ele.
Custaram a pegar no sono de novo, porque ele queria uma explicação plausível para o seu ato extemporâneo.

Curtir . Comentar

Havia dias vovó estava quieta, tricotando, sentada na cadeira de balanço.
— Tudo bem, vó? — perguntei.
— Estou aqui escolhendo do que vou morrer e nada serve.

A tia velha dizia que a cada dia seu marido se encontrava mais apto para o silêncio.

— Tá velha, hein, vó? — disse meu irmão.
— Bem trabalhada pelo tempo — disse ela.

O pai, gago, gostava de contar histórias para a filha quando ela ia deitar. Depois a menina tinha que tomar calmante pra poder dormir.

Quando minha avó estava com 84 anos, perdeu o namorado de 78 anos. Então arranjou outro, que tinha que ir carregado, mas ia.

— Você acaba comigo! — disse a mulher.
— Mas é isso mesmo, meu bem, eu vou acabar com você.

Minha avó adorava meu primo, seu neto. E ele vivia desesperado por causa desse amor. Um dia, em que ele estava na praia matando aula com amigos, sentiu uma sombra cobri-lo. Era ela, com o guarda-chuva aberto sobre ele.

Curtir . Comentar

Disse minha prima ao marido:
— Sua alma, meu bem, deve morar em outro lugar.

Vovó queria uma "surdinha" pra plantar no xaxim novo dela.

— Eu não falei pra não te impressionar, mas à noite entrou um homem aqui em casa.
— Era seu conhecido? — perguntou o marido.

Minha avó, logo ao ficar viúva, fez questão de morar sozinha. Assim teria mais liberdade para sonhar — disse. Um dia, meu pai (seu filho) perguntou por quem ela esperava.
— Por quem não vai chegar — respondeu.

Uma vez, aflita, contei a papai que o gato do apartamento do meu tio tinha caído da janela.
— Não aguentou os donos — disse ele.

Papai dizia que tínhamos tudo, menos solução.

Meu bisavô era crítico musical. Meu pai contava que um dia o avô assistia a uma ópera de uma das frisas quando um sujeito ao lado começou a trautear a melodia.
— Eu aqui, ansioso por ouvi-lo, e aquele sujeito lá embaixo a impedir... — dissera o bisavô.

Curtir . Comentar

24

Ao acordar, ouvi a voz de meu pai:
— Eu estava numa boa fase de produção, mas o casamento, além de drenar o sujeito economicamente, é uma experiência de esgotamento; não é, meu bem?
Mamãe disse que estava atrasada para o ensaio.

— Estou com um cisco no olho!
— Que incômodo terrível! — disse meu pai.
— Já pingou colírio? — perguntou mamãe.
— Que saco! — exclamou meu irmão.
— Oh... — lamentou vovó.
— Não dramatiza! — disse minha filha.
— Você deve ter tido um cisco, coçou o olho, irritou-o, e a impressão continua — concluiu meu marido.

Dentro do carro que me levaria ao altar, ao lado do meu pai, disse ele:
— Quando chegarmos à esquina, podemos dobrar à direita e você vai se casar. Se, em vez disso, tomarmos a esquerda, não. Escolha o que realmente deseja, minha filha. Seu pai garante!

— Vai demorar, pai?
— Devo me demorar. Vou me encontrar com sua mãe e devemos nos desentender. Isso consome tempo.

— Fazei, Senhor, com que eu chegue ao meu destino, e não desapareça no fundo do oceano disputada por monstros marinhos — dizia minha avó, mãos postas, dentro do avião.
As pessoas ao redor puseram os fones de ouvido.

Curtir . Comentar

Fui visitar meu pai idoso e acamado. Logo ao me ver, sentou-se na cama, com olhos brilhantes, contando, trêmulo de emoção, um encontro que tivera com uma moça que descia as escadas da Caixa Econômica.
— Uma visão, minha filha! Uma visão!
Mamãe, na sala, assistia à novela.

Fui à casa de meu pai falar com ele.
— Pai, meu marido não conversa comigo.
— Nada?
— Nada.
— Nem passa o sal?
— Pai.
— Mas isso é excelente, minha filha, assim ele te dá oportunidade de conversar com outras pessoas.

Ao perder seu grande amigo Almirante, meu pai fez surgir em uma de nossas praças a estátua do falecido. Um dia, moça feita, da janela de um ônibus, vi a figura solitária e envelhecida de meu pai junto à estátua. Chamei-o. Mas ele não ouviu. Estava com o amigo.

Papai me havia pedido que em seu velório providenciasse cafezinho e biscoitos para receber as pessoas. Assim ele sempre fora distinguido na vida, de forma amistosa.
— Estamos apalavrados, minha filha? — disse ele.

Curtir . Comentar

Meu pai morreu em casa, conosco a sua volta. Antes de fechar os olhos, perguntou:
— Que dia é hoje?
— 12 de junho, pai, dia dos namorados — disse.
Seu rosto se imobilizou num sorriso.

Um dia, encontrei meu velho pai, dançando à meia-luz, abraçado a ele mesmo.
— Aceita uma contradança? — disse ao me ver, abrindo os braços.

Quando jovem, durante algum tempo, trabalhei como secretária no escritório de advocacia de meu pai. Éramos só nós dois. Logo no início, ele me pediu que o chamasse pelo nome, com o doutor na frente, naturalmente.
— Por quê, pai? — perguntei.
— Para que não levantem suspeitas de um affaire. Considere, minha filha, considere — disse, se afastando.

Carta de aniversário: minha filha, estamos hoje de passos desencontrados. Não verei o seu rosto, que é dos poucos que me agradam, mas tenho-o emoldurado por vívidos sentimentos que estão a desejar, ainda que quimera ou belo sonho: felicidades. Seu melhor amigo. Papai.

— Nossa filha ficou uma moça ousada, lançada, fantasiosa... Não é o caso de tesá-la? — disse meu pai.
— Ela é muito parecida com você, meu bem — disse mamãe.

Curtir . Comentar

Mamãe não era cantora, papai tampouco violonista. Mas em dias de festa faziam seu número de amor: "casinha pequenina". E nossa casa se tornava um casarão.

Minha tia perguntou ao filho, que era um belo rapaz e se encontrava calado já há algum tempo, em que ele estava pensando.
— Nada — disse ele.
— Então você será um grande ator! — disse ela.

Quando menina eu jogava baralho de flores com minha prima. Assim aprendi o nome das flores. O perfume veio depois numa Acácia — minha mãe.

Meu pai vivia como se existisse um sol só pra ele.

Era jovem e saía para uma festa. Perguntei a meu pai:
— Estou bonita?
— Flamboyant — disse meu inesquecível pai.

Conheci o belo através do sorriso de minha mãe.

Diga, espelho meu, acaso essa sou eu? Dizia vovó em frente ao espelho do quarto.

Curtir . Comentar

Um dia, ao chegar do banco, comentei com minha filha pré-adolescente que tinha feito um seguro em nome dela e de sua irmã. Então, se eu morrer... Se, não; quando, né, mamãe? — disse ela.

Minha avó estava com 82 anos e seu namorado com 78 anos. Um dia, perguntei se havia acontecido alguma coisa entre eles. Ela silenciou. Insisti.
— Quer saber se deu-se a melodia? — perguntou.
— É! — exclamei.
— *As time goes by* — disse ela.

Mamãe insistia em levar minha avó ao clínico. Ela não se opunha, mas terminada a consulta, assim que se encontravam na rua, deixava cair no bueiro os pedidos de exame.
— Ah, minha sogra... — dizia mamãe.
— Se estamos felizes, tudo passa — respondia vovó.

Uma vez, disse durante o almoço:
— Meu pensamento é denso, sutil, realista e fantástico.
Todos concordaram com fantástico.

Minha filha pequena perguntou ao rapaz com quem eu saía havia dois meses se ele podia se casar comigo.

— O mal de sua mãe, meu bem, não é ser boa, é querer exercer a bondade. Com isso, escangalha a vida de todos — disse meu tio à mulher.

Curtir . Comentar

Meu avô dizia que minha avó era a pessoa mais detestável que ele conhecia, mas fez Bodas de Ouro com ela. Nesse dia, vovó espalhou batom nas bochechas, pintou as unhas de rosa rei e vestiu um vestido de pedrarias. Meu avô pôs o terno sobre o pijama.

Minha mãe tocava harpa. De vez em quando uma das cordas rebentava e ela dizia: ai, meu sol! Dizia o nome da nota. Então nós, crianças, mal escutávamos uma corda rebentar, dizíamos: ai, meu ré! E ela: não é ré, é fá. Ai, meu si! Não é si, é lá. Foi assim que ela nos afinou.

— A menina quando cresce tira a mãe do coração...
Minha tia chorava vendo a filha recitar na festa do colégio.

À noite, vovó gritou do quarto dela:
— Uma barata entrou debaixo da minha camisola!
— Que barato! — meu irmão gritou do dele.

Um dia, meu primo, que devia ter uns cinco anos, ganhou uma irmãzinha. A mãe trocava a fralda do bebê quando o menino se aproximou.
— Feia... Só tem bunda — disse ele.

Meu pai não sabia em que livro estava, mas era um grande personagem.

Meu pai era aberto como o céu.

Curtir . Comentar

Flor por flor, em vez de Acácia minha mãe devia se chamar Sempre-viva.

Acusei um ato falho do meu marido. Em seguida cometi eu mesma um ato falho. É o troco do recalcado. Disse ele.

A família achava que não ia se reunir porque o filho pedira uma espingarda para treinar tiro ao alvo na noite de Natal.

A avó, que não reconhece mais nenhum parente, implorava para ser o Menino Jesus na estrebaria.

A mãe estava muito preocupada porque a filha pedira de presente de Papai Noel um cachorrinho machucado para cuidar.

O pai quis visitar seu pai no cemitério antes do Natal. Lá, desapareceu dentro de uma vala recém-aberta. Salvo, disse que se concentrara unicamente na alavanca de Arquimedes.

A empregada perguntou o que era mirra e ninguém soube explicar.

O filho dizia que já que não ia ganhar a espingarda, todo o ouro era dele.

Curtir . Comentar

O pai disse que o papel de burro deixassem com ele.

Perguntavam quem seria a vaca. A tia velha disse que não se importava de fazer o papel.

A filha pequena dizia que queria ser a estrela de Belém!

A tia dizia que não podia fazer o papel de Maria porque perdera a virgindade naquela semana. Com o Noel.

A avó se recusava a tirar retratos porque dizia que sua imagem declinara havia tempo.

O professor, amigo do pai, procurava na embalagem do panetone o valor teórico.

O namorado da tia apareceu e ela o apresentou:
— Noel.
As crianças partiram pra cima dele; que desapareceu em seguida. Sem saco.

De madrugada, a menina acordou pedindo rabada.
— Ai, meu Deus... — disse a mãe.
— Festa diabólica... — murmurou o pai.

A tia dizia que queria um cowboy de Natal. Do velho Oeste, porque ela já não era mocinha.

Curtir . Comentar

A avó dizia que no dia 31 não contassem com ela, iria se deitar cedo; não queria ver o futuro avançar.

Logo que acabava o Natal os membros da família viajavam para local ignorado.

faces

Cotidiano

Exibir comentários

O técnico da máquina de lavar veio consertá-la. Meu marido estava em casa. Na saída, o homem deparou com um enorme pôster meu de roupa de mergulho, saindo do mar.
— É sua filha? — perguntou.
— Não, minha mulher em outros tempos — disse meu marido, me olhando de esguelha.

A mãe comentou com a filha que achava que estava ficando gripada.
— Uma gripezinha básica — disse ela.

O mendigo bateu à porta do prédio perguntando se tinha chegado correspondência pra ele. O porteiro disse que não.

Minha prima saiu à noite com amigas. Ao voltar de madrugada encontrou o marido acordado.
— Quer que eu faça um quatro? — perguntou.
E se estatelou na porta da entrada.

Quando morávamos no primeiro andar de um prédio, uma tarde, um sujeito enfiou uma vara entre as grades do escritório tentando pescar a chave do carro, quando ouviram o grito da minha filha de 12 anos:
— Peguei o ladrão!
Foi um custo ela largar o rapaz.

Curtir . Comentar

Serravam uma árvore em frente ao banco onde minha tia fora fazer pagamentos. Quando ela saiu, um galho despencou na sua cabeça.
— Saí mal na foto — disse ela.

Meu marido disse que eu precisava começar a pagar consulta ao Dr. Google, senão ele não iria mais me atender.

O pai contava que estava num velório concorrido, quando viu na capela em frente um sujeito sozinho com um defunto. Saiu de onde estava para oferecer seu cartão, caso o cidadão precisasse dali se ausentar.

Ligaram para a minha tia mas ela não pôde atender porque estava fazendo o cachorro dormir.

— Você sabe o que eu acho bonito na neve? — disse meu marido ao vê-la pela primeira vez. — O silêncio dela.

Na fila da vacina perguntavam para um velho, que queria uma cadeira para se sentar, o que ele tinha. 97 anos, respondeu.

Meu marido quando dorme solta miados prolongados e incessantes. *Así son las cosas nocturnas*.

Curtir . Comentar

36

Estávamos à mesa, quando súbito minha tia disse que queria ganhar de aniversário um cordão com um sino, um gonzo, um guizo, enfim, algo que fizesse barulho para que pudesse ser socorrida quando estivesse em perigo. Meu pai, se dizendo satisfeito, levantou-se da mesa.

O casal considerado o mais equilibrado do prédio leva todos os domingos a imagem de Jesus Cristo menino para que ele assista à missa.

Morávamos num apartamento tipo casa. Quase todos os finais de semana íamos para a região dos Lagos. Um dia, levamos nossa pointer. Ao voltarmos, encontramos a casa arrombada e assaltada. Liguei para os meus pais.
— Levaram o cachorro para veranear... — disse meu pai.

Num dia de festa em casa, onde havia muita gente, uma senhora, numa rodinha em que mamãe estava, disse:
— Dormimos juntos certa vez, o senhor se recorda? — dirigiu-se a meu pai.
— Oh, naturalmente — disse ele.
— Numa conferência — acrescentou a mulher.
Que expressão de alívio no rosto do meu pai...

— Eu gosto muito de ler mas não posso, estou de dieta — disse a modelo.

Curtir . Comentar

Encontrei um parente sistemático (chamemo-lo assim) que perguntou o que eu andava fazendo.
— Estou tentando escrever uma peça de teatro — disse.
— Escrever para teatro é muito fácil! — disse ele. Você pega A, consubstancia A, pega B, consubstancia B, e depois joga um contra o outro.

O médico que veio em casa atender mamãe, que estava com mais de 80 anos e afásica, perguntou como tinha sido o nascimento dela. Houve algum trauma?

— É uma alegria! — disse uma das sobreviventes da tragédia. — Perderam-se alguns e ficaram alguns.

— Alguém quer tomar a palavra?... Eu estou tomando vinho — disse papai.

— Um dia, você vai deixar seu velho pai e sair de casa, não é, minha filha?
— Claro, pai.
— Como aquela velha amendoeira, plantada com a mão ingênua e mansa, que vai pender para o pomar alheio e frutificar na vizinhança...
O pai recitava sua poesia preferida: Ingratidão.

Minha tia dizia que a sexualidade a estava devorando. É assim mesmo, disse a outra: seja solidária com o planeta.

Curtir . Comentar

Um dia, fixei uma carta na porta do quarto: não me interrompam. Estou pensando em ter um filho. No dia seguinte queriam que eu fizesse análise.

faces

Psicanálise

Exibir comentários

40

A atriz, em pose provocante no divã, perguntava:
— O senhor já me viu representar?
— Fora daqui? — disse o analista.

O que a traz aqui? — disse o velho analista para a minha prima que foi procurá-lo.
— Eu quero um pai! — disse ela.
— Precisamos ir a cartório?... — disse ele.

— Você tem uma taça de vinho? — perguntou a socialite no primeiro dia de análise.
— Não?... Pois devia, assim as pessoas falariam muito mais...

A moça, voz chorosa, contava para o analista que tinha muita pena de quem não tinha mãe.
— E de quem tem, você não tem não? — perguntou ele.

O psiquiatra, vendo o eletroencefalograma de minha irmã e apontando para picos altíssimos, disse:
— Aqui é quando você fica mais animadinha.

Minha tia, que estuda Psicologia, disse que o corpo estranho que pesava sobre mim era um monstro de afeto. Fui tomar banho. De sal grosso.

Ia para a análise, quando algo bateu na minha cabeça. Foi a primeira coisa que disse ao analista.
— Finalmente vou cuidar da sua cabeça! — disse ele.

Curtir . Comentar

O terapeuta disse à minha tia que suas dores lombares eram lembranças libidinais.

A mãe dizia, em voz baixa, que a nova diarista se chamava Pisíca. A mãe dela achara moderno.
— Oh! — disse o pai ao escutar. — Assim deviam se chamar todas as mulheres. Com uma ligeira diferença de acento, naturalmente.

Meu irmão adolescente disse que ia fazer terapia por causa da empregada. A mocinha que veio ajudar mamãe.

Foi só quando se deitou no divã que ficou de pé.

— Sonhei que seu colega da sala ao lado tinha morrido — disse a moça ao analista.
— Obrigado por desviar o petardo. — respondeu o analista.

Quando uma criança diz "para", pare. A não ser que esteja diante de uma pequena histérica, cujo "para" significa "continua".

Amanhã é Natal. Me empresta seu jeito de gostar das pessoas? Disse a moça saindo da sessão de análise.

Nem sempre coincido comigo.

Curtir . Comentar

42

Dois desejos não caminham na mesma direção, a não ser que um anule o outro.

A psicanálise é uma das melhores respostas para o sofrimento humano, porque dele se aproxima através do que o constitui: a palavra.

O desejo não está na pessoa, o desejo é a própria pessoa. É o que a remete ao mundo, sem que esse remetimento seja proveniente do outro.

Se todo desejo é desejo de desejo, para que haja harmonia é preciso que um dos desejos ceda, ou seja, deixe de desejar.

O desejo não nos torna fiéis, a não ser a ele mesmo.

O neurótico pensa que está em falta, e não que é faltoso.

A psicanálise não é uma experiência de comunicação, mas uma experiência narrativa.

A psicanálise não cura as pessoas, mas mostra o que nelas é incurável.

Somos feitos de conflito porque nosso desejo é fundamentalmente transgressivo.

Curtir . Comentar

O inconsciente é a fonte de notícias.

Toda loucura tem sua raiz numa sexualidade perturbada.

Estamos sempre nos aproximando e nos afastando do outro. Fort-Da interminável.

Em análise, nosso "lixo" se transforma no caminho da verdade do desejo.

Libido não tira férias.

O desejo não é uma escolha, o desejo determina uma escolha.

Curtir . Comentar

faces

Literatura

Exibir comentários

A literatura reflete a vida de um país.

A prosa é mundana, onde a palavra se fertiliza.

A palavra também é gesto. Além da materialidade sonora, ela tem relação com o corpo. É o não dito da palavra que o gesto tenta significar.

Cada romance nos lança em direção a nós mesmos.

Escrever ou ler significa interrogar-se.

Escrever, muitas vezes, é um viver.

Não há como classificar. Não existem histórias aqui que sejam verdadeiras. Vejam que maravilha. Não vou me embora mais de Pasárgada.

O modo de tratar a palavra também é imaginário.

A literatura pode ser o mais realista possível que ela continua sendo ficção, sob pena de não ser literatura.

A linguagem não surgiu no homem; o homem surge com a linguagem.

Curtir . Comentar

O lugar da literatura está além do lugar do escritor.

Cada livro é um sonho realizado.

Vovó, embrulho debaixo do braço, chegou feliz em casa. Meu pai (seu filho) pediu para vê-lo. Enquanto ele o desembrulhava, ela dizia que havia procurado aquele livro a vida toda: *Hei de vencer!*

É na imaginação do leitor que o livro acaba de ser escrito.

Ao abrir a porta de casa, encontrei meu pai triste.
— O que foi? — perguntei.
— Façamos um minuto de silêncio — disse ele, levantando-se. — Pablo Neruda morreu.

Escreve-se de um lugar desconhecido para desconhecidos. O homem é o aventureiro da escrita.

Escrever não é a transposição da linguagem oral para a linguagem escrita. É outra coisa. O nome dessa coisa é literatura.

Há tantos sentidos para um texto quanto forem as pessoas que o lerem. É a isso que se chama riqueza literária. Quanto mais sentidos um texto produzir, mais rico ele é.

Curtir . Comentar

A literatura opera a passagem do silêncio à palavra. Ela é pura expressão. É a palavra sendo.

A literatura é a escrita que se diz a si mesma.

Contar histórias é a tentativa de, através delas, alcançar a excelência da arte.

A função da literatura não é persuadir, mas provocar.

Até que ponto na literatura o devaneio é uma criação antecipatória?

Se é literatura, é subversiva.

Busco refúgio na palavra.

A palavra — esse ouro que nasce.

A língua vai para onde quer; ninguém consegue detê-la.

Personagens são figuras que retiramos do mundo e as reconfiguramos.

Curtir . Comentar

Na escrita não há socorro.

Escrever é rondar-se.

Dorme em mim uma história.

Escrevo não a partir do "eu", mas para me distanciar dele; escrevo para dar voz a esse "outro" que me habita; numa tentativa constante de vivenciar a experiência do desconhecimento.

Curtir . Comentar

faces

Pensatas

Exibir comentários

Só acabei de nascer quando fui mãe.

A boa companhia consiste muitas vezes em calar.

Uma arte erótica escrita por uma mulher é uma outra arte.

Lembrete a pais e filhos: Estamos todos vivendo pela primeira vez.

Malhar o Judas é a imagem aparentemente simplória da barbárie.

Amor, felicidade, paz são palavras fantasmas.

Os adjetivos afogam as notícias.

Desejo não tem idade.

Aviam-se desejos. Tratar aqui.

As coisas mofam. Também elas precisam de contato.

Seremos nós como as babouchkas, surgindo umas de dentro das outras até atingirmos a forma do silêncio final?

A solidão da criança é secreta.

As crianças quando esperam só sabem esperar. Os adultos também.

Família é a nossa pedra de Sísifo.

O tempo é o redutor das grandes dores.

Certos acontecimentos do passado não permaneceram porque foram importantes; foram importantes porque permaneceram.

Tempo não é uma coisa que se tem, tempo é uma coisa que se faz.

A vida não é "en rose".

Que futuro tinha aquele abraço!

Paixão é uma desordem egoísta.

Quando o afeto não consegue se ligar, sobrevém a angústia.

Curtir . Comentar

Não confundir afeto com sentimento. Amor e ódio são sentimentos.

Todo homem é um menino perdido, assim como toda mulher é uma menina perdida. Ambos perderam a infância, mas a conservam enquanto perdida.

O homem tem o tamanho do seu sonho.

Cada frase abre um universo de significações. Teremos tantos universos quantas forem as frases abertas.

O sentido de um texto quem dá é o leitor.

As histórias nos leem. A força delas reside nisso.

A apreensão visual tem todas as falhas que a percepção oferece.

A alma feminina de alguns homens não veio à tona. De algumas mulheres também não.

Ser mulher é uma indisposição natural.

Não há poder sem a sua face imaginária.

Curtir . Comentar

Se família der certo, alguma coisa está errada.

Segundo estudo realizado, por razões fisiológicas, a voz feminina esgota o cérebro do homem.

O amor é eterno porque está fora do tempo.

A verdadeira morte não é a do corpo, mas a da lembrança.

A doença mata o corpo mas não mata a alma.

Fisicamente, habitamos um espaço, mas subjetivamente somos habitados por uma memória.

Porque o outro é capaz de mentir, sei que estou na presença de um sujeito. Caso contrário não poderia falar em relação subjetiva, mas sim de objetividade plena.

A loucura é a face oculta da razão.

Mãe é o Sim. Pai é o Não. E filho é o Ponto de Vista.

O homem enquanto ser da palavra é universal, o que o torna singular é a fala.

Curtir . Comentar

Devaneio é um passeio que se faz sobre as fantasias.

Todos temos fantasias infantis, ninguém tem fantasias de velhice.

O ciúme é um produto da opacidade do outro. O outro é sempre opaco para nós.

Há pessoas que produzem mais energia do que luz.

O afeto não é quantificável. Quando eu digo: gosto muito de vocês, quanto é esse muito? Esse muito não é quantificável. Para expressar esse muito é que temos as palavras, a literatura.

O cosmos é silencioso, à exceção de uma minúscula partícula chamada Terra, que funciona como uma alegoria da *Stultifera Navis* (A nau dos loucos).

Há uma espetacularização do acontecimento. O que não quer dizer que o acontecimento consista nessa espetacularização.

A razão é mais ampla do que o entendimento porque além de abarcar o entendimento, ela abarca a desrazão.

Angústia é a expressão máxima do nada.

Curtir . Comentar

A infância é curta, mas como impressiona.

Os desejos infantis persistem por toda a vida.

Somos todos inconfiáveis: seres da palavra.

Poderíamos ser melhores se não quiséssemos ser tão bons.

Democracia é uma construção permanente.

A realidade é portadora de uma ambiguidade que faz com que ao mesmo tempo insinue e oculte a verdade.

O mal não está além, separado do bem. O mal e o bem nos habitam igualmente.

O viver é a matéria-prima para compormos nossa odisseia.

O amor nos mantém no interminável das repetições.

O ser humano não frequenta a linguagem, ele é habitado por ela.

Curtir . Comentar

58

Nossas almas já se viram muito.

Literatura não tem sexo, quem tem sexo são as pessoas.

Estabelecer um projeto de vida já é um plano desejante.

Onde há desejo não pode haver harmonia.

Nada é importante, senão a vida.

Na paixão há ausência de história, à diferença da historicidade no amor.

A sexualidade é uma ameaça permanente.

Temos uma imagem de nós mesmos que não sofre a ação do Tempo. É uma imagem interiorizada; a-histórica.

O amor é o melhor tempo perdido.

A reflexão está sempre atrasada. Não à toa se chama reflexão.

O lapso é uma escapada em voz alta de uma mensagem secreta.

Curtir . Comentar

O virtual é uma forma de subjetivação da realidade.

As histórias nos solicitam um sentido.

O rosto é um mundo em si.

Quem não tem capacidade de ser mau não pode ser bom. Ser capaz de ser mau não significa que se tenha que exercer a maldade.

Preservo com carinho meus medos infantis. Continuam grandes sinalizadores.

A fala é necessariamente temporal, enquanto a escrita é dominantemente espacial.

A cura é a simbolização máxima.

Escrever é ceder lugar a outro.

A vida começa e termina no corpo. Cor-pó.

Quero o que acontece enquanto acontece.

O prazer não deveria ser um prazer?

Curtir . Comentar

O diretor do espetáculo da vida era um deus malévolo.

O acontecimento nos espera — sempre.

Loucura: momento de subjetividade pura.

O próprio dia passa.

O tempo nos tempera.

O sentimento é o afeto já qualificado.

A natureza não é boa nem má. A natureza é.

O afeto é sempre mental. Mental pelo significado e corporal pela intensidade.

A morte e a sexualidade — o que inclui o medo e o desejo — são a matéria-prima da literatura em geral.

A vida, em si, é terapêutica.

Fui derrubada por um poema aos 14 anos; não mais me refiz.

Curtir . Comentar

A palavra revela e oculta simultaneamente.

A palavra mantém uma relação com o silêncio, que lhe é essencial.

Escutamos mais quando não ouvimos tanto.

Quando a vida entra nas palavras, ela se torna literatura.

Tal como a linguagem, somos caracterizados pela incompletude.

Estar apaixonado é uma doença (a melhor delas), que o amor às vezes interrompe.

A vida é má romancista.

O louco é estrangeiro em sua própria pátria.

Nos tornamos jovens muito tarde.

O sedutor, em seu turbilhão romântico, busca incessantemente o fantasma fugidio da Mulher.

Curtir . Comentar

Mulher é um luxo verbal.

Nada do que é humano se passa fora do campo da razão, nem mesmo a loucura.

O mais louco dos loucos, fala. Portanto, está no lugar da razão.

De perto ninguém é normal. De longe também não.

O que nos protege não é o silêncio, mas a própria palavra.

O bem-dizer é um facilitador do bom viver.

A arte é um acordo entre a loucura da imaginação e a forma do entendimento.

Afeto é pura intensidade.

A memória é o teatro do passado.

A paixão retrocede lentamente.

A mutabilidade das coisas é que faz o tempo das coisas.

Há que aprender a ser forte sem ferir e frágil sem quebrar.

A busca é a expressão de nossa incompletude.

Nascemos num momento de aceleração da História. Quando o século XX começou não tinha avião, quando terminou o homem tinha ido à Lua.

Não há nada que o ser humano tenha produzido cuja velocidade seja maior do que a velocidade da Terra; logo, não adianta correr.

No começo era o caos. Mas só podemos afirmar isso do lugar da palavra.

Prazer é ausência de desprazer.

Os fatos são teimosos.

O pensamento (esse incorporal) está sempre em combate.

Um clínico pode ouvir mal mas ter uma boa escuta.

Onde não há linguagem não há cultura.

Curtir . Comentar

O acontecimento não é o que acontece, ele é o sentido no que acontece.

Sem escuta não há palavra.

Vida: performance do desejo.

Há que quebrar a rotina da percepção.

A frase não traz com ela o sentido. O sentido é dado por quem escuta.

O belo é tão autônomo, que é das poucas atividades que silenciam a linguagem.

O que regula a busca humana é o prazer.

O amor é o novo. O ano tanto faz.

A passagem de ano constitui para cada um de nós um horizonte onírico.

O silêncio trabalha o homem.

A cronologia do coração é inexorável.

Curtir . Comentar

Faz-se tudo para escapar a um destino sem fantasia.

A mulher é a força viva da linguagem.

O tempo não passa, nós é que passamos.

O coração é um bobo alegre.

A sensibilidade nos chega pelos órgãos do sentido, portanto, vem de fora, enquanto o pensamento é interior, e dá forma à sensibilidade.

A palavra não esgota a significação; há sempre o silêncio, que contém a verdade.

O *big bang* é o bang bang entre cientistas e criacionistas.

O chato nunca é em si, é sempre para o outro.

Homens, de maneira geral, são como computadores, se paramos de acessar eles apagam. E as mulheres ficam dando loopings nelas mesmas.

A fala é a face objetiva da subjetividade.

Curtir . Comentar

A filosofia é uma espécie de psicanálise da razão.

O pior é quando se faz ping e o outro não pong.

O ato falho é falho em relação à consciência, mas não é falho em relação ao desejo.

Há um quê de psicanálise na filosofia como há um quê de filosofia na psicanálise. Ambas são práticas da suspeita.

O papel da imaginação é pegar o entendimento e fazer com que ele rompa seus limites.

Tenho exercido uma grande influência na minha infância, a ponto de torná-la outra.

Foste meu sonho deixado.

Minha natureza não se basta a si mesma.

Quero um mínimo de linguagem, apenas o necessário para mostrá-la.

A paixão é uma bala perdida.

Curtir . Comentar

Nada mais violento do que o ódio de quem ama.

A paixão é uma das formas que a loucura adota.

Nas lembranças acrescentamos valores de sonho.

A linguagem é a leitora do Tempo.

Mulher é uma máquina de narrar.

A função da memória é também a de esquecer.

O que nos protege não é o silêncio, mas a própria palavra. Que distorce, oculta, contorna, mente...

Amor — perde-se sempre a medida.

Nada passa. Atenua, mas não passa.

Tua sombra resiste em mim.

Tudo acaba caladamente.

Fantástico o que não aconteceu entre nós.

Curtir . Comentar

Mulher é o comício de uma só pessoa.

Terminamos por tudo que você calou.

A maldade é prática de artesãos.

Quando menina meu mundo era o Sol.

Aprende-se mais com o agressor do que com o benfeitor. A maldade ensina. A bondade desprepara. É muito boazinha.

O Tempo não nos deixa ver seu acontecimento.

Quero palavras passarinhas. Todas lá, riscando o céu.

O "não" puro e simples é estúpido. É do jogo do sim e do não que surge alguma coisa.

Ajeito as cadeiras e os cabelos. Preparo a ausência.

O destino no amor não tem itinerário.

Escrever é minha (a)ventura humana.

Com palavras começam os amores, com elas deveriam terminar.

Alguma coisa em mim te acompanha.

Sua lembrança esvoaça ao meu redor. Ainda nós?

Os dias são o descanso das noites.

Solidão é não ter mais quem reconte a nossa infância.

O sofrimento sofre também com o Tempo.

Sua resposta igual em cada pétala: bem-me-quer.

Todo mal dá lugar ao mau.

Com a primeira paixão a alma acorda.

Um excesso de infância gera poemas.

Não guardo rancor. Coleciono cicatrizes.

Com ele fui flor de primavera única.

Curtir . Comentar

Na história escolhemos nossa história.

Por melhor que tenha sido a escolha será sempre insatisfatória.

Aquilo que não somos também faz parte de nós.

Fomos visitantes de um tempo que não nos quis mais.

Mesmo que se perca a memória não se perde o pensamento.

Observador passivo chama-se espelho.

A menina que fui pensa hoje em mim.

A literatura nos provoca o pensamento, nos fornece chaves imaginárias, abre janelas em nossas vidas, mostrando outros mundos possíveis. Sobretudo a literatura faz cidadãos. É uma forma de a gente se civilizar. Não conheço nada mais importante, que nos enriqueça como seres humanos, do que ler livros.

Este livro foi composto nas tipologias
Myriad Pro em corpo 11/13,2 e ATRotisSemiSans em corpo 20/24,
e impresso em papel Off-White 90g/m²,
na Markgraph.